把

玫瑰绣在

伤口

宓落颜 著

陕西新华出版

太白文艺出版社·西安

图书在版编目（CIP）数据

把玫瑰绣在伤口 / 宓落颜著. -- 西安：太白文艺
出版社，2024.4
ISBN 978-7-5513-2598-1

Ⅰ．①把… Ⅱ．①宓… Ⅲ．①诗集－中国－当代
Ⅳ．①I227

中国国家版本馆CIP数据核字(2024)第065672号

把玫瑰绣在伤口
BA MEIGUI XIUZAI SHANGKOU

作　　者　宓落颜
责任编辑　蔡晶晶
封面设计　风信子
策　　划　泥流文化传媒
版式设计　建明文化
出版发行　太白文艺出版社
经　　销　新华书店
印　　刷　三河市华东印刷有限公司
开　　本　880mm×1230mm　1/32
字　　数　60千字
印　　张　5.625
版　　次　2024年4月第1版
印　　次　2024年4月第1次印刷
书　　号　ISBN 978-7-5513-2598-1
定　　价　48.00元

CONTENTS 目录

辑 一

把玫瑰绣在伤口

辑 三

朴素的爱

辑 五
眼睫上的蝴蝶

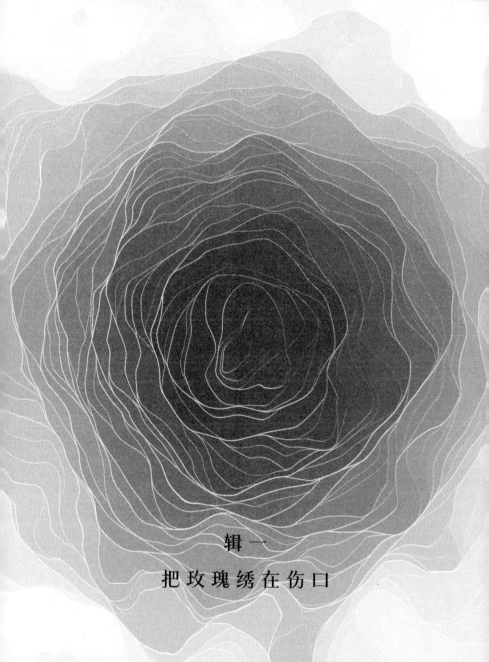

辑一

把玫瑰绣在伤口

火焰

你伸手抓住那朵花
也一并，把自己从梦里拉出来

——火焰在升高

第一束光线经过大海的腹部
五月出生。森林传来二胡幽咽的旋律

哦
你不是树叶

你认识那里的一只鸟儿

把玫瑰绣在伤口

一首诗的命运如何在秋天逆转

就像一个人走到别人看不见的地方

隔着光年的沉寂

泛黄叶子留下线索

我原路返回

车轮把时间碾碎：掉落到梦里

掉落到从前——

晚归的人捧出清晨

出走的燕子翅膀上有玫瑰刺青

咖啡馆

走到这里之前雨就停了

一只蝉的惶恐被月光无限扩大

秋天有好看的轮廓：红叶红，黄花黄

银杏树越来越苗条

风和谁擦肩而过

你看见橱窗前的影子

——仿佛在昨天，仿佛是明天

手中咖啡的颜色

很深，很深

蜡烛

从眼泪开始，透明的湖心
香草味蔓延

飞鸟走了。这里只剩下我一个
窗外的风静悄悄
如果你来，有些东西会离开

白菊花在桌上

房间里的光越来越亮
天，越来越黑

海鸥

再绕过一座山

又回到那片沙滩。忽明忽暗的天空

带着暧昧般的沉默

落日留在了去年

灰色的海，今天客厅空阔

为何要回来

我并没有忘记

你眼里燃烧的火焰比那年的霜叶还红

你爱着一片海

连同周围不曾提起的某些

当一只海鸥飞远，我是沉沦的看客

身影

那棵树就在路口

当冬天，许多事物变得低矮

你还记得露水在它的叶子上失去平衡

鸟大声地叫喊

你的眼睛继续寻找

钟摆拖着小镇在

一个圆里奔跑。出走的人把

直径拉长

透过黄昏的缝隙

你留下，乌云般的呼吸

雨天

我的影子是个谜

玻璃窗别过脸，拒绝上帝的手
风信子深呼吸

那些蓝，飘回故乡在一个人身旁

灰色空气
结灰色的网

——"灰色是不想说"

谁说

那年小店紫檀花开满树

是谁说的：小小黄黄的花，开在春天

春天就变成了大人

当我长久地望着一座山

从黄昏到燕子飞去

时间，又重复走在一条路上

——我遇见春天里的落花

雨水，乌云

和闪电……

小小黄黄的花，依旧

开在那年

听不懂，谁说的那句话

多想

一种信念先于我醒来。当

远方的天空流星下坠

我脚下的土地，露水还未走失

太阳和月亮啊，你们之间的光年

是否长出花朵

是否，像他正在走的路

我多想，把这个消息

告诉他

——大雁开始往南飞了

秋天之前

我走过雨走过的黄昏
两旁的紫檀树重又推开门窗

八月的天空，有鸽子飞过
八月的大地，我寻找你的足迹

——我路过退伍兵商店
路过书屋
路过你，偶尔停留的小茶馆

微风在四周走散
橘色灯光把街道的沉默照亮

致你

如果河流是一条鱼的命运
先生，我是那棵岸边的树

黑夜又来临
我的叶子开始不安分

如果慈悲
不要给我慈悲

让我甘心做一棵树
好奇和向往

让我亲眼目睹
另一棵树如何交出自己

这样的时刻

他就在那里

我正在和他说话

他会不会暂时走到门外，抽一支烟

如果不是，或者只是为了转身

而找个借口

但我会装作不懂得

他一直没说话。他的声音已经沙哑

在这浪花很高，海一样的深夜

我们都拥有透明的身体

我们的交流不完全需要语言

我喜欢这样的时刻

——我们依然在同一个世界

念

一只麻雀还在沉睡。有人放慢了脚步

趁雪还没落下
秋日的曼哈顿穿上了黄色连衣裙

很多时候我漫无目的地走着
遇到前世相识的凳子，就坐下来

下一盘棋。征服对方或
被对方征服

这多像我们三十余年的相处之道

何处唤春愁

雨过后的天空，我看到自己的倒影

告诉我

哪里，有我们的倒影

时间的白马把你带到一个春天

那里杏花开过，桃花开

——谁会在意一只乌鸦的啼叫

我在夏天

走了个过场

现在，一场雪又要来临

中秋将近

月还未圆。不用急，回到路口时
要慢慢地
给我们毫无设防的欢喜

用熟悉的乡音说说一路见闻
说说你，刚学会的新语言

我猜，你还是喜欢五仁月饼
我猜，你还是喜欢甜食
我猜
——这里

已经月缺很久了

小镇沙滩

一只白鹤从你的锁骨飞出

你的眼睛

迷人的嘴唇，在我的手心短暂停留

你是否听到，一颗心跳

金色欲望。打鱼归来的人脸颊绯红

也是这般情迷

在无人处

那美丽的蓝色眼泪将我包围

中元节

阳光已经离开窗户
我正在老去

我们曾以为拥有全世界的时间
那时，巴黎圣母院的信徒刚结束祷告
一朵玫瑰初遇早晨

关于塔利班执政
我想和你聊一聊《追风筝的人》
——有些遗憾被救赎

有些遗憾
和这个节日有关

梦境

黑夜生长。连同我体内的旷野向七月蔓延
猫头鹰是长在树上的眼睛

白天，不属于睡去的人

——过去，或遗忘
绣球花静悄悄

我听见你的声音，来自
去年春天的叮嘱

不似以往般洪亮。低低的，渐渐沉默

把玫瑰绣在伤口

米修

樱花飘落。天空飞着白的、粉的

蝴蝶

我们的周末刚刚过去。牛奶还是星期五的样子

没人在意这一个普通的清晨

你睁开了眼

你不说话。许多声音在你耳边响起

天空又多了一只蝴蝶

醒不来的梦

　　——致我最爱的男人

不能提起，满世界会下雨

我说的是，我的整个世界

花语丰富的植物生长在六月

艳丽，妩媚

你并不喜欢。我因此生长在冬天

倔强是我们的保护色。我结的冰

你轻唤一声，水流漫过荒草

而你的秋黄

每想我一次，叶子就飘落一片

爸爸，满山萧瑟。只有回音

　　——不要回来，不安全①

──────────

　　①　因为疫情，父亲临终前嘱咐不要回家看望他，怕我在坐飞机途中被感染

把玫瑰绣在伤口

022

鸟鸣

雪下一场，冬天就燃烧一寸
直至灰烬

——落在枝头，成了梨花

落在一个人的头上
是另一个人的牵挂

风中的芦苇低下身子。从她旁边经过的人
走进森林

从此
每一次鸟鸣，都像他在歌唱

归来

此刻，露出水面的石头是悬崖绝壁

浪花不断走向深渊：

洁白，勇敢，和倔强

你是观海的人

也是出走的人

而今，更像是一个陌生人

当蓝边白墙，热闹的咖啡屋

作为小镇的主旋律

你的方言被出卖。以及

一棵，不见主人归来的龙眼树

白露之后

你还没来

秋天又回到秋天。万物都有了

高冷的气质

我重走在那条小道上

昏暗,静谧

仿佛月光和时光都走不进来

偶尔会有扫落叶的背影

偶尔,我会蹲下

拾起落叶

你看

留住一个逝去的生命

多么轻而易举

十月来信

寒鸦飞过树梢

沉睡的河流突然醒来。灰蓝色

在画上招摇。丙烯覆盖的铅笔线条，像信里的省略号

认真去分辨的人看见

走过的秋天

也无须假设。他就在那里

从暮色中归来

欢乐地呼唤

回音，一直飘荡至今

梦

蜘蛛在结它的网。窗外走过第七个人

今天是星期天

没有零度，没有雪

酒也不需要温热

我陪你。一杯

又一杯

你醉了，就像现在这般沉睡

我醉了，就和你相见

突然……一只麻雀拍打窗户

误认

被拼接的午后

少了一个知更鸟的演唱会

你拨开时间的花丛

将自己放置到阴影里

冬天最后的眼泪，在第四扇窗上任性

她们急匆匆的行走姿势

以及，决绝的表情

让你想起一个人

但现在还不是春天

不会有满天的飞花，被误认成雨落下

夏威夷大岛

风，来自何处
走近我远离陆地的身体，抵达体内的倔强
希罗伤寒

雨穿竹林。蜿蜒的山路
瀑布奋不顾身的背影被谷底收藏

但更多的声响来自溪流
纯净不染的白

只是流星划落
——像一个人把自己还给大地
把思考还给夜空

曼珠沙华（一）

一场雪过后，天空低了下来

黄叶的最后时光被惊扰

作为见证者，我不能提供证词

——沉默是诗里的呐喊

命运的纹理在季节里缠绕

风吹不开浓黑的夜。谁在流年里

放逐

梦，长满曼珠沙华……

把玫瑰绣在伤口

曼珠沙华（二）

黄昏缺席。还有鸽子在飞

那个声音从很远的地方发出
落在一片大海

我长久地，看着窗外。即使
永远无法看穿……

树在摇晃。不要说起
——那些花儿

你的红地毯覆盖我的夜

中秋

月亮推开朝南的窗户

不是傍晚，也还未接近黎明

世界

在一个长方形里

那里有一棵树

月光在练习飞翔

翻滚的麦浪卷走你的睡意

经年之后

你在季节的同一页书中

找出无解的部分：

没有练习飞翔的人……

怎么，住到了月亮之上

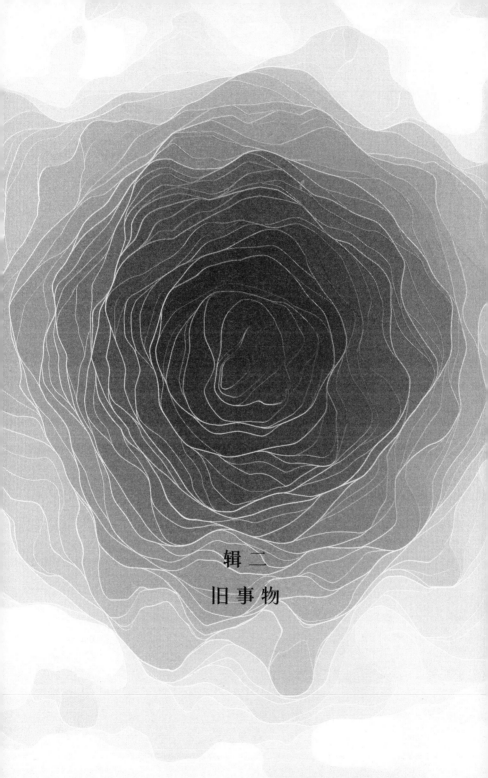

辑二

旧事物

那时

日落

草依旧在长。蜗牛把触角慢慢退回壳内

经营人间烟火的小商店：一半发光

一半沉默

桑葚树下站着归来的牧童

把情节放在这一天

你好看的鼻梁，充满真情的眼睛

多么迷人

不真实的虚构

不真实的雨

——落在一个名词里

拉霍亚海湾

大海是你的故人。她身上的气息
你仿佛看见三角梅
在四月的黄昏向你招手

——这时草地是绿的
时间和你各自安好

是谁的声音从风中传来

拉霍亚海湾
汹涌的波涛，浪花在翻滚

话题

我们从天气开始讨论

说到旅行

说到星座

——那些形状各异的图像如何

决定一个人的足迹

我们想起没有星座的那只狗

就在某个冬天

他途经的路都是流浪

灰色的风推开虚掩的门

到了黄昏，向日葵会把脸低下去

出行的人会归来

先生，我们的话题可否继续

雨水

我常常，走回那个夜晚

同学陆续抵达家门口
秋天的雨，没能带走我脸上的笑容
有时它沿着皱纹滚落而下

在空荡的街上
十月的尾巴甩得更响
想到步伐也是一种和声
我一会儿走得快，一会儿走得慢
让旋律有了醉意的美

想到家里那盏灯
我像现在一样
——只是，安静地听雨落下

等一个人

月亮更接近圆时

抛起的叶子没有原路返回

我们把这样的信号

当成风在云端

——云，还住在村庄里

我们用今天来交换明天

季节，是飞不起来的风筝

被牵在手里

偶尔，遗忘在门后

半夜醒来时

我们没有故事

等一个人，从不会提心吊胆

佛蒙特的叶子黄了

某个清晨，走在珍妮农场

你知道

阿甘不会再跑至此

显然，一个故事被了解

就已过去

那么一个人突然被理解呢

犬吠声从暗红色房子

飘进秋天的深处

你往，更深处走去

溪涧无声地流淌

阳光，借叶子的手

向你致意

这时还没认识的人

就不必认识

还没回来的人，将是，永远

时间是流动的

和它逆反的
是一个，走着走着就把自己遗忘的人

那个从秋天走来的人
淡淡的烟草味
——在我历史开始的地方

夜色有时把他推近
又推远。在时间的流动里

我的每一次呼吸
都带着改变

每一次呼吸，都是一种走向他的暗示

天涯海角

如果感受不到秋天

也没有雪花

至少还有那片海

是的，它在这时醒来

还没睡的人

像潮水一样随它澎湃

黑夜这扇铁门

一端静默

一端发出很大的回响

是什么在撞击

当四十五度角向上

一颗星，来自遥远的天边

旧事物

藤蔓植物，青苔，阁楼木板

是同一栋房子里的病号

风，传来的不是风声

小女孩手握糖浆图案，眯起双眼

阳光照射在白白的牙齿上

绿皮火车经过

我们奔跑向前和车厢里的人挥手，说再见

——模拟长大后的场景

时间

你预谋杀死你的时间

并非他犯过的错。而今，你已

记不起那些恩怨

你在一张照片里找到去年七月

马匹奔走在阿米什的果地

被小女孩搂着亲吻的驴并没有倔强

这时说悲伤，就会看见

挂满树上的桃子，还没有掉下来

现在又回到时间上

你看见掉落的桃子，那是

更早的五年前

"她很孤单"。你想起，曾经这样以为

盼

我坐在暮色中。周围的事物也
坐在暮色中

音乐在背后
——这低沉的，缓缓。仿佛
不经意
时光，往日

那远方啊，如果
没有关于你的消息

我盼望……这，一丝凉意
惊扰梧桐的深秋

起风了

演唱会上，那个男子像黑胶唱片
播放很多人的青春

我躲在时光的影子里，企图和你交谈
或许你正穿过一条街
停在某一个小店

夜太黑。风和风又相撞

我遇见一个说不同语言的人
我没有问他
那些歌好不好听

回忆在途中

再一个出口
我将走进弗吉尼亚的心脏

就在昨天，几百英里之外的曼哈顿
刚下过一场雨
——安静的雨
下了一整天，只有五月听到
我紧闭双唇
守护与她之间的秘密

雨
经过蓝岭山脉

沿途春天的牧场是车窗外白色的花

世事

月光沉入你的海底。清幽的照明灯

在体内撞击

——森林倒影

你用爱过白天的手

拥抱黑夜

拥抱这专属于村庄的浓黑的夜

你聆听他的心跳

在心跳中探听命运

雾色起时，死神于黎明之前启程

斑马，斑马

火烈鸟安静地伫立在河之洲

也只有这一刻，当它们粉色的衣裳

被野鸭踩踏的倒影

变成碎片

我才开始注视掌心里的春天

指尖阳光

随一只蛇鹈飞起

落在波士顿的那一页

那时，四月

还没有陈述的理由

而当你走过，谁又会想起楚河汉界

在孤独的夜晚

我们终于相遇。我们都是异乡人

我们

——不轻易透露口音

彼岸花开，探索十月的纹路

一些细微的事物也在生长

我目送你和月亮往深秋走去

看沿途月色掉落

一滴，一滴

把玫瑰绣在伤口

威基基海滩

清晨六点的幽蓝，是神秘的
不探问也是
大榕树还走不出梦境

七楼和对面的海之间，隔着另一片海

我们在陌生岛屿开始新的话题
——灯塔在悬崖上孤寂
先生，看见了吗

波浪再次袭来，落在拿铁里

岸

一群人比画着手语
经过时，我是他们中的少数民族和
失语者

夏天正在褪去衣裳
河流古老。船上的人向岸边挥手

岸
此岸，彼岸

我们目光静止于风中
流经喉咙的气息，稀释

在空气里

西藏

车子接近时，藏羚羊跑向山上
五月下了雪
一朵一朵，像林芝桃花
落在愿望之外

纳木措的湖因此更蓝

经幡泄露了谁的信仰
——当珠峰背着落日而去

我只是一个偷窥者
藏身在过去

某一天

去看你。四月刚下过一场雨

这样的空旷

藏不住一束鲜花

你房子旁边的大理石上刻着字

抚摸那些失去温度的油漆

找到关系的证明

——黑色，楷体，姓名

面对面

我们再一次，一起看森林和夕阳老去

九月

有人从她身边经过

有人要去哪里？秋天折返而回

山上的野花

开了。路边的菊花也长出了新的叶子

那些消息远道而来。也将会

去更远的遥远

——这不是半夜醒来

北雁南飞

一个人，停止种下诗行

秋思

叶子趁没人注意，飘落下来
黄黄地烙在大地上
——万物醒来。秋天也是

抬头仰望，此刻
曼哈顿的摩天大楼属于我
我属于我
我不属于这里

记忆长出新的翅膀

斑驳的时光
不再轻易流泪
那天，那场雨，早在心里住下

冬至

海边小酒馆
音乐和浪花，在一杯莫吉托里狂欢
渔火慢慢升起
你执着于哪个月亮更圆

多年后，走在北方的寒风中
雪
落在别人的世界

最漫长的夜，壁炉按时打烊

眼睫上的蝴蝶

秋天的语言只有

走到自己影子里去的人才能意会

现在你醒着。一条江也醒着

江上灯火，让鹅掌楸的暮年暴露无遗

火车在郊外奔跑

那些在站台拥抱的人

谁先离开

离开

——多美的词汇

像眼睫的蝴蝶在月光下的舞蹈

早春

这里下起了雨。把冬天留下的礼物

无情地扫地出门

给你的信写到第二百七十三封

枯木逢春

一只麻雀迷失在我的眼里

俯视窗外的事物

我和她们像来自不同的国度

千里之外梅花开落

——我既没见花开

也没见花落

因此，或许你

正在别处给我回信

听闻远方有你

把雪还给冬天。走到河流的尽头
看她的轮廓落下的
明媚和忧伤

看燕子从天空低低飞过枝头
飞过白瓦人家

你叙述得简单

不影响青草
杂乱，幽暗地生长

天鹅

她仍在飞行
那只天鹅。飞过秋天的屋顶，飞过
太阳越来越瘦的背影

飞过没有走的另一条路
——经过哪里
哪里就消失

此刻，她停靠在浅水边
望向远处

哦，这黑夜赐予的心

让她的眼睛
在不同事物身上折射出
不同的光

三月，信阳

——致Quy

许下一个愿望，桃花开不开
三月都会走到最深处

河面上，太阳的花瓣
有随遇而安的姿态

你却想抓住
看不见的笑声，以及
时间的尾巴

转身时你慢慢地
——让折射的身影
在每一处

见证，和被见证

漂洋过海来看你

——致张少婷

水仙花开。你浇水时

水仙又多了一朵。投影在白色的窗帘上

——更纯净的白

很多时候

在午后，阳光慵懒地躺在院子里

你在画布上轻轻地描绘

鸟鸣声翻过围栏，飞进我的梦

你说：上海咖啡屋

我们一起去品尝

希望你

——给侄子的一首诗

像风一样追求自由

也会停下脚步

像海一样容纳百川

也会波涛汹涌

像高山一样屹立不倒

也会为一棵树而哭泣

像阳光一样照耀

也会躲起来让雨落下

像月亮一样温柔

也会锋利如弯刀

像云一样洁白无瑕

也能接受改变颜色

像天空，像大地
俯视不高傲
仰望不自卑

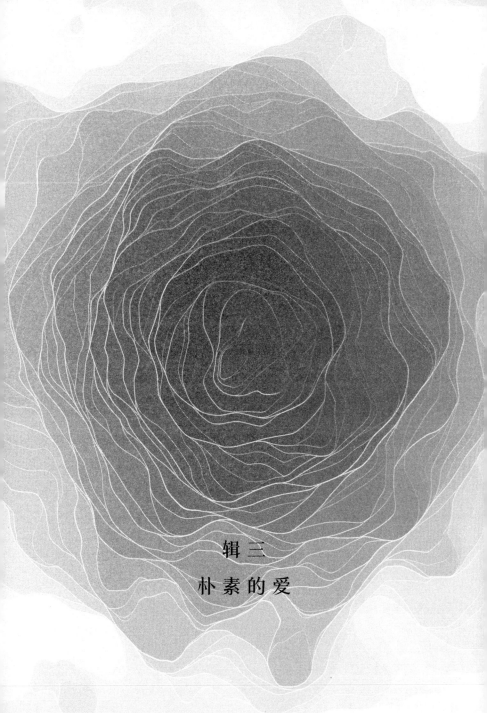

辑三

朴素的爱

成长

再没人走过那棵石榴树

当时树上长满孩子们的眼睛

火热，质朴，透明

把夏天带入永恒的主题

池塘也成了其中一部分

关于它的死亡传说

始终戴着面纱

最初不见的含羞草

低下头，温柔地切割某个清晨的

一小片阳光

然后一只蝴蝶在尘埃里，越飞越远

春天，致自己

有一树桃花开，就有一树梨花开
由此相信，花儿也在这个季节过年

整个上午，依旧沉默
——阳光照射在广场上
落叶和纸屑，与风共舞。欢乐那么轻盈
仿佛和尘世无关

多想拥抱温暖的事物

如果还有欲望
——我愿在春天绽放成一朵花

不装点世界，只贩卖美好

仙人掌书屋

黑胶片在这里播放旧日时光

缓慢，轻柔

小镇上，月亮还没有长出来

她放下手中的《红楼梦》

一口咖啡，苦和酸

像白纸上的黑字沉淀到杯底

玫瑰都开好了

故事里的人没能苏醒过来

她记起经过沙漠时

自己长成了一种植物

有生之年

想说的，不想说的，被发呆
串联在无人的角落

写一首陈旧的诗，风穿过我的身体
摇摆着结局

也会流浪到陌生的城市
像一个拾荒者
收集每一片梧桐叶上的秘密

如果够勇敢
邀你共舞。随旋律跳动的音符一直到黄昏

朴素的爱

你拥有一所旧旧的房子。还有花园
阳光，以及整个山坡

每天在足够的睡眠中醒来。一只蝴蝶
路过窗口，此时你才想起那些花儿

雨水和雪，是偶尔来探访的朋友。她们
总会带来些什么，也带走些什么

午后。一本书，一壶茶，一把摇椅
还有刚采摘的果子
——哦，它们都是画里的主角

远处炊烟袅袅
你家的锅碗瓢盆也奏起了交响曲

致西藏冒险王王相军

珠穆朗玛峰的慈悲被最后一片雪花带走
而你是那个抬头仰望的人

作为旁观者，我没有经过那些草原
渡过寒冷河流

作为旁观者，只能目睹……
崩裂，打开，复原

你代替它们的梦想
美好的，久远的

藏在万年冰川
变成其中的秘密

梦中的雪

远离地面

躲进云端，和气流打了个照面

——不过贪恋一场雪

十二小时的时差

月亮，在不同的天空流浪

可是这场雪固执地不下

天阴了，晴了。万木只剩枯枝

她走过所有角落，穿过不同的人群

心心念念着

就在某一个清晨

窗外，白茫茫一片，凋谢的雪

……还有昨夜的梦

此刻

鹅卵石铺就的小道，凋落的花瓣
提醒我
——春天来过

再往前一些日子，我们会相遇在
更深蓝色的天空下

无须言语。山顶吹来的每一阵风
都是我们的悄悄话

当星星升起
我们的影子像鱼儿，随摇晃的月色
在林间欢快地穿梭

噢，此刻，我走在一条小道上
幽深又寂静

原谅

时间在圆桌上吃掉颜料

城市进入失忆模式。醒来的
冬天开始梦游

大地的矛竖立着
谁又能说，河流无辜

在雪的死亡里我原谅了黑夜

我们总是重逢在这个季节

秋天的镜头下

我们是一张

定格在星期四相册里的照片

银杏背景的叶子

收藏多少秋风的呼喊？它们正以

雨滴的方式坠落

掉到我们谈论的话题之间

你手握一枚叶子

在阳光变轻的下午，脸色红润

仿佛，那是一封，失声在雨季角落里的信

不见

月亮展现她的美。玫瑰的刺
带着前世记忆
你在指针里，看流水从石缝中溜走

风的影子回到树梢

抬起头
星星和月亮不及他遥远

不肯睡去的人是黑夜走失的一部分

旧岁辞

分不清芦苇和荻花

就像不知道什么时候黄昏就

落进煤油灯里

我在诗里虚构了很多场雪

白茫茫啊……

多像故事的开场白

无须辨认：伤口的玫瑰

越来越红

仿佛归属这个节日

仿佛与你，在某一时刻重逢

元宵辞

花市灯如昼

不在这里

——几百年前的长安街道

凤箫声，琴声，流转眼波

只一望，阑珊处

蓦然回首，谁用了最后的勇气

灯谜还在继续

把繁华看尽。巷子深处，酒尽未能去

明日陌上花开依旧

明日故人折枝来寻，可否

交响乐

没有蝴蝶飞舞

小提琴和二胡将《梁祝》邀请出来

也不是因为深秋的夜：灯光

暗淡得刚好

……观众，聆听

仿佛指挥家的独舞

仿佛歌者的诉说

仿佛一瞬间

在掌声中清醒

时间之花

不善于隐瞒的心事

一如这漫山遍野的花，终究要穿上最美的裙子

绽放

然后春天就来了

现在我要把时间种下

——第一粒种子，毫不犹豫地

埋下五月

或许不经意比较好

让它慢慢地酝酿果实：收获与不收获

都会被惦记

植物园

直到太阳出来四月才被想起

午后灰蒙蒙的天空

在黄昏，依旧保持原来的色调

麻雀重聚在一片空地上

庆祝夺回的王国

走到最初遇见的那棵樱花树

她又恢复了干净的气质

不忍往前再靠近

远远的，让彼此都有欣赏的自由

球果假沙晶兰

春天在一场纷飞后陷入梦境
那薄纱般的白，依旧朝圣

——你的森林
有时，飞来一只鸟儿
有时，一只小鹿出走

小木屋会不会站成永恒

热闹的六月
冷漠的雨
你以寂静，守住一个季节的秘密

坦白

寂静的树藏身于山谷。村子
隐隐的闩门声。应该还有一些鸟类
在飞行

此刻，我们可以在无人处谈论那朵
红玫瑰

说它绽放的时间，说它的美丽，以及
养分
——或许是一片星空，蔚蓝的大海
甚至，轻柔的月光

年代太久远了，我们都变成了道听途说
的人

红玫瑰呵，一直在生长

画

搁浅在黑与白。像时间走在
昨天
把一场雨落在花里

秋日很轻。落叶到了尽头
长街空旷

夜，飞出窗外

很轻的事物
——藏着宿命。我们
对望

一颗流星下坠

死亡

我躲不过的

——灌木丛里有上帝的信使

我只是替书里的人又看了一次日落

还会遇见文森特的哈士奇

那锋利的，深情的眼神

我和时间对话：有时坦诚

有时就像刚才

——从宋词走到音乐会

（但我不是听众

一个迷失者也会看见路牌）

直到人群中认出你

换我，俯视恐惧

叶子

赊一个静谧的夜
交出月光,想象和秋天无关的事
——炉火在打盹

没说出口的,藏在雨里
黑色画布收集涂抹的颜色。黎明深处

一枚叶子飘零

猜不透

画蓝天，画白云
画一幢房子，坐在屋顶遥望

风从南边吹来
你试着从草动的声音，找出关于
远方的消息

雪在夜晚前抵达
再离去
——交出星空

你猜不透冰霜下树木的表情，和
一枚叶子的心事

惊蛰

雷声后，虫子醒来。雨的使命
在溪流里返程

在三月，务必要花枝招展。风一吹
旗袍飞舞在烟柳画桥的扬州

我是路过的人

——陌生的城，古旧的小巷
陈年的酒
都像新来的春天带着阳光的味道

提醒我该开花了

呼吸

听夜莺歌唱吧！我的灵魂在那里

看见了吗

我以我的方式和你对话

月亮出来时。我还没有经过那片橡树林

噢，橡树林

三百年前的呼吸

——富贵和贫穷，再一次呼吸

飞机上升

失重感让你重新审视来自不同的牵绊

重新注视身上的麻布裙子

长长的深蓝色

当发动机从响亮的呼噜声变成

均匀的呼吸

你思想的轨道仍在不停地

不停地向上

是的

——流云会染指你

哦，这阳光的恩赐

这庞大的捕食者

一口一口吞下星期四的肌肤

划艇记

水草漂浮的形状，多像我游走于尘世的身影
一圈一圈，河流
摆动着我们

木桩上，蜻蜓在打坐
垂钓的人突然生出怜悯之心

远东山雀经过，森林
变得不具象

微风在最高处：
日光出走
日光被遗忘

咖啡馆

等到星星出来，天就亮了

我穿过还在沉睡的街道
背包于步伐之上
下垂

秋天在返程
——如果还能一起
说往日

最好此刻，我们
手握咖啡

看一只大雁飞过

失忆蝴蝶

很小心地，把自己放到一幅画里

在山的倒影中

那一条条波纹啊，我暂时

浮出水面呼吸

刺嘴莺在午后来临

花都开好了

粉色的珊瑚藤是春天的翅膀

一只，两只

……蝴蝶侧身而过

飞出黄昏之前的天空

飞出一段旅程

灯塔

一棵生长在海里的树
鱼儿真诚的朋友

歌唱吧
那些沉默的石头
为他的忠贞
——孤寂来临的原地徘徊

他的古老的面孔，经过我
思念的早晨
天空身着素衣

在目光即将触及时，我垂下眼帘

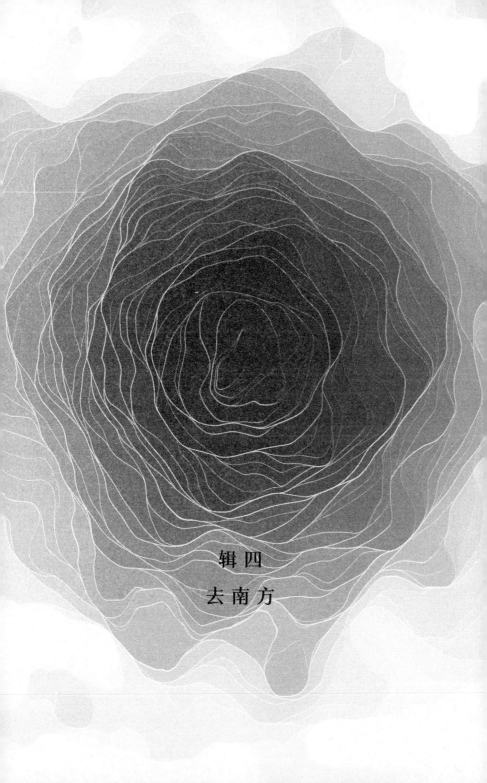

辑 四

去 南 方

我将离开弗吉尼亚

雨，下得安静

下在昨天和明天之间

院子里认识不久的蔷薇

会失眠吗

所有我知道的，正是不了解的

当我终于承认

眼前，是真实的黑

包裹我的

是雨，还是夜？

我想起纽约灰蓝的天空

华尔街匆忙的脚步

雨，开始敲打门窗

清醒的人听见一场交响乐

我突然，爱上这种有声的告别

秋天在怀俄明醒来

风，吹动金色田野

苹果树的内部是暮色将晚的小镇

我们说着带有口音的他国语言

我们在这里高歌，徘徊

也在这里试图说服

车子从小店经过

音乐轻轻呼吸

我们确信刚来的食客一样

把这个季节当作书笺

——我们善于伪装珍惜当下

华盛顿山

山顶的风声

没有吹进我的记忆。在影子

走失的迷雾中

孤单显得那么真实

一滴雨，从玻璃窗右边

闯入余光里

我开始在意这个

跳上火车逃跑的同行者

——车厢摇晃在

七月的河流

我们用沉默成为彼此的摆渡人

度假村之夜

柴火还在壁炉。人群和雨一同离开
蝉鸣声瞬间包围整个村庄

此刻，夜是一面镜子
两个我在对视

彼此熟悉又陌生

一个她说，天上只有一颗星星
一个她说，一颗星星拥有整片天空

上弦月轻轻地移了移位置

茂宜岛

鲸起，鲸落

回音在更深的海底撞击浪花

帆船见证一场轮回

一月的冬天在山顶

把星星送走的人

最后看清

彼此的真面目

——光线延伸到地面

落在路口目送的马儿的轮廓上

密西西比

飞机落下。三月在比洛克西来临

爵士乐在餐馆里，也会
从某一个窗口飞出，传遍南方

打鱼人的桅杆刺破了黎明
你在一只鸽子身上看见大海的眼泪
——深处的撞击。慢慢

渲染整个天际
直到你的眼睛和心里，都是蓝色

旅途

喜欢夜里抬头仰望。长满雀斑的
天空，像极了远方的朋友

玫瑰和彼岸花，你更喜欢浓烈的红色

偶尔寄沿途收集的明信片给陌生人
写温暖的文字

偶尔想起他

此外，常常猜想：
雪花选择飞翔，大海是不是最好的
归宿

溪涧峡谷

不愿停留栏杆的蝴蝶

带走部分阳光。水声从这里开始

进入溪流内部之前，也曾猜想

一块石头的身世

拾级而上的行人

忙着证明

——时间随流水远走

越靠近瀑布

就，越接近真相

夏天从我的眼里探察他的朝代

去南方

看明媚的阳光把每一天照得白白的
墙壁白白的，浪花白白的
梦也白白的

时针走在沙滩上，把黄昏拖进渔船
你拾起橙色碎片别在
春天的枝头

一只燕子飞过
两只燕子飞过

你悄悄走过人群散去的街道

上海，深秋

陌生的地方

熟悉感和一场雨突然而至

恰逢其时吧

新天地的街角

十一月开始布置会展

梧桐静观秋色，以及她的哀愁

在来往的人群里

我像是被这个季节俘虏的叶子

交出陈述的权利

夜，慢慢靠近

带着*Besame Mucho*一样的旋律

佛蒙特

我将以眼睛接收到的秋的信息

带回曼哈顿

现在，山间小路

两旁飞驰的树

——我们是彼此的参照物

我也在飞吗？

时间，在颜色里打滚

它的叶子

会不会凋落？

再一个转弯，车子到了高速路口

天净沙

禾木的村落，被行人顺手
带走一个秋

牧羊人家炊烟袅袅。那年古道
一匹瘦马的身影
让你在风里无处躲藏

如今——
天涯，也可以是你和禾木间的
距离

窗外，雪下得清清白白

禾木的深秋

你在音乐里呼吸
陌生男子走进隔壁木屋。牛仔草帽下的
侧脸轮廓

你想起早上骑的马
小山坡上，他暂时收起桀骜不驯
青草失去了行踪

她们会回到哪里
你猜黄叶也有同样的困惑

犬吠传来
暮色悬挂在炊烟里

岩石城花园

两只蚂蚁从石头上下来

一只拖着另一只

在五月的慈爱里

每一片叶子都是守护者

他们小小的身子，在空中打开

这是星期六的清晨

田纳西和乔治亚在一堵墙之间

我的梦有真实的触感

瀑布纵身跃下的一瞬是直接的证据

开普梅

每个不同的黄昏

并非云朵

彩霞，以及光线落在一个人脸上的弧度

你正走过的城，像年老的绅士

为陌生人推开大门

华盛顿街上的门牌号

都曾有标价

出售的牌子飘荡在某年夏天

你呼吸着

别人爱过的空气。绿裙子

在转角第二个路口，与微风的骨骼相撞

基韦斯特（一）

当一个人试图靠近你，当她的苗条

穿过雷雨

凤凰花伸出脑袋

这时你醒来

你的胸膛有海的刺青

你的语言犹如热情的莫吉托

——海明威醉了

她也醉了

落日是化妆师的手

基韦斯特（二）

鹈鹕会飞过吗？你并没有抬头

木质阶梯

木房子民宿。酒和杜瓦尔街有相同的属性

音乐在玻璃杯里破碎

你终于，抵达最南端的孤寂

——手心的落日变成

大海一颗痣

打鱼人还未归来

大地雕塑公园

这里，躺过雪的地方
把热闹还给艺术家的孩子们

太阳很贪心
占据林荫道上的每个缝隙。从中走过
我是叶子
是阳光，也是刚醒来的蔷薇

江面上，船只扬帆起航
把这天一分为二

鸟鸣在风中下落不明

把玫瑰绣在伤口

檀香山

一棵彩虹树到另一棵的距离是50厘米
此时，彩虹在天上
是两个人之间的距离吗？

转个弯，菠萝园像一页被翻过去的书
住在书里的女子
走过游人不多的北岸沙滩。落日
像野鸽子往洞穴飞去

——留下的影子
是投递在

大海的一封信

檀香山之夜

聚会上，我们把绿色鸡尾酒喝掉

现在玻璃杯里装满了星空，和我们

倒时差的眼睛

——从一个夜晚

到另一个，更深的夜晚

大提琴、萨克斯和电吉他

是一楼草坪上的侍者

戴花环的姑娘，与月光

跳了一支波利尼西亚舞蹈

我们在花里唱歌

篝火明灭

大海有迷人的笑脸

——浪花远远的，并排而来

把玫瑰绣在伤口

查尔斯顿

也只有，这样的深秋

才配得上一个在江边独自行走的人

十一月像栏杆上的白鹭

正飞入天际

很多年后，你想起那个黄昏

华灯初上

你试图把自己缝补到

一座陌生的城

深秋，不停地抖落身上的羽毛

在这里

丛林之外，是更辽阔的大海

有时是牛，有时是马

有时一只乌龟不紧不慢地滑行

灯光将要熄灭的时候

我只是，刚好经过一条陌生的街

风，又一次吹掉窗台的尘

花园里装着夜色——

植物都有了温柔的慈悲

把玫瑰绣在伤口

登山

迷雾围绕的山顶
——从哪里开始，哪里就被遗忘

昨天被雨探寻过的路
向左，向右
泥土一点一点靠近

擦肩而过时
我和叫不出姓名的植物：点头，微笑
把遇见还给未来

村庄在黄昏的炊烟里沉睡

记 ①

向晚的风声，一点

一点，揭开拉斯维加斯的面纱

约书亚树是孤独的。当我终于确定

沙漠仿佛伸出蛇芯子，等待

误入歧途的人

月亮的影子把道路铺开，延伸

透过车窗看见什么

什么就消失

——看见黑暗，在做最后的挣扎

把玫瑰绣在伤口

---

① 记约书亚树国家公园至拉斯维加斯的路途

送你的明信片

我把一座岛屿装进去

古兰尼牧场，你会
看见跳舞的芒果花把歌声藏在
隐秘的林子里

麻雀飞来龟背竹时
天空的蓝，还没有深下去：
一边是热闹的大海
一边是不愿出走的岛民

——坐在岸上的女子，把石头
变成河水的心事

小木屋（一）

我在这里收集暮色，也收集

照片中的时光

当叶子上的露水还不足以

撑起一个早晨

白鸽已经占据整片森林

湖边垂钓者，是前世

和鱼交手的仇人

而我的前世——

小木屋，我轻轻地关灯

好像没有来过，好像

我们从没遇见

小木屋（二）

当体内某种分子大于分母，雨开始出逃
我也在逃

树在一旁窃窃私语

小木屋，我们打了个照面。我们
知道都会过去
我们拥有这一刻的真实

——正在行驶过来的陌生车子和
一只走近
又走远的小鹿

小木屋（三）

我从城市出逃，把罪责埋葬在
这片森林
——我曾经对时间那么冷漠

秋天开始为大地染发
木窗上，还遗留雨走过的痕迹

这时黄昏降落在湖面。打鱼人
背回湖里一个部落

我背回了黑夜

小木屋（四）

白月光照着这片森林

如果这时有一只小鹿来访

——可惜没有

蝉鸣声把秋天叫醒

篝火和一个孤寂的人

交换眼色

一场雨，藏在夜里

我藏在雨里

永远

有时不过一个瞬间
一颗果子掉下。带着秋天的凉意
仿佛蝴蝶在脸上扇动翅膀

这是一个月前，八月底
我以我的方式计算
——阿卡迪亚公园的最高观景处
一棵松树，有区别于周围
叶子的墨绿色

远远望去
像一座孤独的岛屿。孤独
我和它之间有多远

右边走过的人，已消失不见

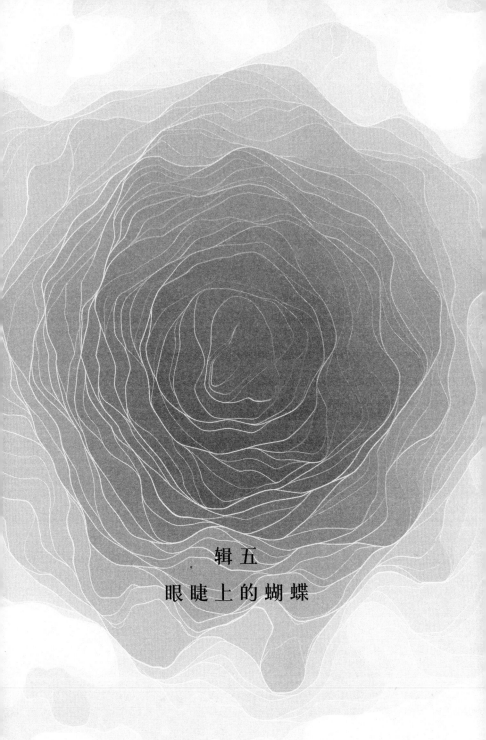

辑 五

眼 睫 上 的 蝴 蝶

八月未央

鲸鱼潜入海底
——反复练习，反复和岸上告别

博卡拉顿的秘密在花园里。我们从风中走过
风有绿色的影子
它穿过树梢

叶子在我们背上游泳

我们找寻味觉里的记忆
香槟玫瑰

大海的手空荡荡

到底是十月

一场雨，无来由地下了起来

和热气空中相遇

——欢喜和怨恨夹杂

金色的叶子骄傲地摇曳

黄昏。店里音乐飞扬

咖啡的苦

让我们变成了哑巴

一只鸟

从梧桐树里出来

躲在屋檐下的人们看它勇敢地飞舞

落

你不再经过的村庄，打鱼人把秘密
藏在潮汐里。波涛涌起

音乐流向大海。没人谈哲学，也
不猜
玫瑰的性别

夕阳的慈悲，我一次用尽

只有花知晓

雨和飞鸟一同掠过湖面，敲醒
春天的早晨

三月是婺源最好的季节
这时说出孤独的人是可耻的。你看
油菜花大片大片的金黄

我们没有谈论
我们的秘密
不动声色的暗流随列车向北，更北

风里长出一株薰衣草

多好啊

还不能说。湖面这样平静
多像一个人的毫不在意

走到最高处，看夕阳又一次
偷窥沉睡的火山
你不忍打扰这份隐藏的小心思

野菊花也是美的
村庄住着从不出走的人

多好啊
——每一次呼吸都是熟悉的味道

冷冬

是谁偷了这白天？让思念长过东流水
——流入溪涧，流入山间，流入大海

月光照进眼睛
映射出窗外的你的影子
隔着玻璃

……越来越远的背影

雪，不经意地下，不经意地走
冷了别人一个冬

再见

我们没有告别

一月的夏威夷阳光依旧刺眼

白鸽自阳台，一步一步走在栏杆上

我不敢惊扰

它扑棱拍翅的声音

会在体内划出许多条痕

我和它隔着玻璃门，一同

看无尽的大海

除了海，还能说什么呢

此刻她毫无保留地在我面前

那蓝色的眼睛

是我们望向彼此的沉默，与懂得

如果记得

藏匿

看秋摇晃。落叶的影子扰乱时光

梦是掠过大地的海燕。天空依旧蓝得
一如那个，别人不在意的午后

健忘的人，回忆是抽象的
如果记得……

谁说突如其来的一场雨不是知己
轻易地走进心里

把玫瑰绣在伤口

我们（一）

雪花从玉龙雪山飘来

带着凛冽的气息。记得五月

我说，好冷

会是刺痛的。篝火照亮束河的天空

板石路，爱情

纳西族的舞蹈似乎不会散场

古城的小酒馆重复播放

《爱的故事上集》

我们都没有责怪啊

——那一不小心

贩卖的青春

爱的号码牌

哦，是你

月光跌落下来铺满大地。鸢尾花开

重又开

太平洋的潮汐寻不见飞鸟的影踪

我的渴望在枝头。那些不明的隐喻

翻滚在时光深处

风吹进梦里

一个路口，一个人等

蓝色日记

我们重复听一首歌
——缓慢，抒情，还有一些小忧伤

我们各怀心事

紫荆花开的时候，我们和月光对饮
听蝉鸣一晚

那天，途经你走过的城市
雨淋湿我的蓝色日记

眼睫上的蝴蝶

一阵风过，落叶也将隐藏起来
秋的轮廓收集在月光之上
不要摇晃——
以清冷打碎的梦难以复原

广场的鸽子不会轻易说出
觅食是唯一的借口。而我也不会说
那天

就在黄昏
一场雪覆盖未溶解的霜
眼睫上的蝴蝶，一片，一片

把玫瑰绣在伤口

蓝色是忧郁

也并非每次抬头仰望都是偷窥

天空的秘密

隔壁街道传来风琴声和

啤酒的气味

《廊桥遗梦》的故事始于这样的暧昧

蓝色的墙忧郁着

沉默是她擅长的表达方式

—— 任由绘画者

轻易改变颜色

又一次抬头仰望

一只孤飞的大雁跌落眼底

反抗

钟摆荡秋千。关于这个早晨
——风还未穿过树梢

河边有飞鸟在觅食。我以雪的心偷窥
一件事物

"花儿谢了……"

你说，这是冬天。我说的，正是
梅花

飘

推开一扇窗，风吹来那时的故事

庄园里舞曲翩翩

没有战争

——青春，快乐和爱情

并非所有的目光都贪婪

美丽的容颜

那深爱她的人儿

在清晨的雾色中驾着马车而去

"明天又是新的一天"

心里悄悄

长出新的叶子

叙事：白桦林

天空依旧阴霾。没人在意飞过的
鸽子最后的去处

金黄是蝴蝶飞舞的季节。此刻，一层
一层的雪覆盖那两个名字，篆刻新的
墓碑

一定还有人在等待

喀纳斯没有悲伤，也不是那一片
白桦林

一首歌里听到我们的故事

十月

把我的手递给你

请握紧它，就像我们随时会分别

水母在幽蓝的海里变身隐形人

我们迷失在玫瑰夜色里

那棵很老的香樟树是重逢的喜悦

沿着小径走下去

每一步

我在你背上画圈圈

嗯！把印记给你

给我

爱情

你来自黎明前一刻

月亮的温柔还在继续

我的花园里，玫瑰开始歌唱

最高音处

茉莉散发出清香

哦，爱情

二月浮出水面

我在你的岛上流浪

请赐予我姓名

赐予一杯永远沉醉的酒

让我的舞蹈

——旋转的脚尖

在一个地方画出休止符

暮年

——致DF

今晚的下弦月有椭圆的形状

以及花纹

我们在车窗里躲避寒冷的追逐

没雪的冬天

走到暮年，还剩下

枝丫的倔强

而暮年的我们，见过地球

多少张陌生的脸

会不会有一张

像今晚的月色，从眼睛

流淌到心里

——我们将甘愿守护那里开出的花朵

打转

帆船在湖上行驶
你的眼睛越过山顶。那里有什么？
——秋意正浓

青苹果越来越少，蝉声也是
红红黄黄的大地
将在一场暴雨之后
辜负过往

你的视线回到身旁
船只，已不知拐了多少个弯

……你和它，一起，在这秋日打转

杏花那个落

分岔的路口像季节的变迁
——旧时光里的记号，被一场花事掩埋

去年飞走的大雁带回了南方的消息
北方下起一场雨。急骤，滂沱
或轻柔

雨
在三月
从来都只是过客

像经过我的某个春天

我们都知道

天空是灰的。除此之外
没有更合适的描述，关于缄默

然后雪落了下来。开始覆盖，或
早就被覆盖
——我们都不愿提起

"一棵树的影子被松鼠轻轻跳过"

大雪继续纷飞。此刻
树没有影子

留在春天的思考

如果回忆去旅行

——或许我会遇见新事物

或许，大脑一片空白

那么属于我身上的时间会在哪里

想到这个问题时，正走过被藤蔓植物

捆绑的一栋旧房子

在它周围的樱花有迷人的肤色

我分辨不出她们的关系

只看见，在太阳

移动的影子里，我和她们互为彼此的光

雪花

落日的角度让一棵沉睡的树醒来

现在它有了橙色翅膀

开始自由地飞翔

它在高空盘旋，然后飞过田野

飞过水面

——最好来到窗边

我会放下手中的书和它对话

也或许是对视

在它橙色的翅膀

我读到春天的消息

而它，将把我解读成一片雪花

我们（二）

一个中国人，和一个墨西哥人

说着同一种

不是各自母语的语言

在鸽子经过广场的星期三下午

卡罗琳娜从墨西哥城说到坎昆

拥挤的百老汇街

挤兑着我们的影子

我的朋友，她的笑声留在

去年的冬天里

她说，要在夏天开始

学会珍惜夏天

我们看星星爬上屋顶

玻璃杯里装着我们的拥抱

小寒

光秃的枝丫

还没等来白色叶子。一只鹿在奔跑

——脑海的鹿，她在广袤的森林

不知疲惫

傍晚，浓雾把车窗

变成信纸。一连串的省略号

仿佛天空有无限惆怅

谜一样的窗外

所见之物

是另一种方式的应答

秘密

是一条弧线。原点在你的眼眸

推开时间的门

遇见一季的花朵。用什么

书写它的生命

秘密，是又一次重逢

我以夜晚

致意你的清晨

以一首诗，作回忆的线索

把答案留给

弧线的另一端

可是秘密，不能说出的秘密

荒谬的事

你从不在意一只羊的思想

今夜，他在草原上丢失

大风吹着辽阔草地，你的身子越缩越小

一只蜻蜓躲到里面 ——

红褐色的风筝

湖面上还有灯火

掌灯的人捧不出春天

一声惊雷。鸟雀知道战争已经来临

秋日私语

沉甸甸的秋，生出
又一个雨天

孤独，或许是
一幅画给的错觉。阴影处，仿佛阿里萨①在灯塔旁的
眺望
波浪很无辜，吞下一个人的彷徨

窗外，无数条线捆绑着黄昏
被打包的人间：
有时是沉默的石头

有时是一片叶子
最后的歌唱

———————————

① 阿里萨为《霍乱时期的爱情》中的人物

旁观者（一）

把半杯香槟喝完

打开窗帘

在黄昏，一定要看落日

尤其是那带着沧桑的落日，仿佛

事物都走到了暮年

而我已完成对自己的交代

那么现在

可以，开始回望过往了

但很快我就会发现

这并非一件轻松的事

——记忆里的

打结处

时光，不予局外人对白

旁观者（二）

从我的窗口并没见飞鸟经过
黎明还在迷雾中
大海开出白色的花朵

这时醒来的人
沿着岸边走。一直走到
海岸线变成无限大的分母

我是分子之外的旁观者
——在一月末的风里
不带着雪花

也没有，蜡梅般的扑鼻香

如果再见

沉寂，让鸽子和秋天一同飞起

那是一只白鸽

刚才还在长凳上发呆

现在，它的白色羽毛像倔强而不肯

落下的雪花

隐埋在空旷里

你观赏这偶然发生的事件

黄昏在不远处

旁边有一个池塘。多么熟悉

中间一根独木桥

承认吧！

你还是会和多年前一样

……绕很长的路

走过

听说

约好雪过后去看桃花

你说，燕子在去南方的途中，那里

有温暖的一切

阿松，第九封

那些美好的，依旧紧握在

手心。啤酒溢出的时光，风总在夜里

盗走我的梦

习惯 干净的天空

看和你相似的人

听说，桃花又回到了去年

何以

你从遥远的地方赶来
在梦里和我相见

直到鸟鸣搅动花园的空气
——我并不确定是在什么花的香气中
咖啡沸腾

飘摇的白色烟雾飞向
那幅画：
城市，烛光
还有雨，从四面八方来

丁香花

蜡烛在风里静默。我想起了
那个夜晚——
月亮像个野孩子
只留下，走过的脚印

所有的意义在深渊里盘旋
一只鸟儿，飞不出自己执念的天空

正是丁香盛开的季节
我愿意相信：

它是为了去看那漫山遍野的美丽

一封信的呼吸

紫荆花我们都认识

后来才知道，它会长出思念

长成等待的模样

把时间坦白，所有的年轮就自由了

——谁都带有原罪

我原谅你：

一如今晚轮廓不清晰的月亮

以及

你看不见

此刻，我眼中的星星悬挂在离你最近的地方

把玫瑰绣在伤口